Zwischen Wolke Sieben
und dem Tal der Tränen

Poetische Texte und Gedichte in Sachen Liebe

von

Jörg Engel

Mit Illustrationen von Karsten Vick

Tagträumer Verlag

1. Auflage

C 1999

Tagträumer Verlag

Jörg Engel

Steindamm 30

25485 Hemdingen

Tel.: 04123-928819

Illustrationen : Karsten Vick

Layout : Alexander von Guilleaume

Druck und Vertrieb :

Georg Lingenbrink & Co .

Stresemannstraße 300

D-22761 Hamburg

Tel.: 040 / 8539-0

ISBN 3 - 00 - 004336 – 5

Nur Schreiber

Ich werde oft gefragt,
wie ich auf solche Zeilen komme.
Vielleicht,
weil ich mir selbst gut zuhöre,
nichts als gegeben hinnehme,
alles hinterfrage,
mich selbst und andere gut beobachte.
Also ausgedacht
vom Leben,
nur aufgeschrieben
von mir.

Sternschnuppen

In vielen Nächten ,
bei jeder Sternschnuppe ,
habe ich mir gewünscht ,
daß du kommst ,
meine große Liebe .

Hoffentlich sind meine Augen ,
vor Müdigkeit vom langen Warten ,
dann nicht zugefallen ,
so daß ich dich ,
wenn du kommst ,
gar nicht mehr erkennen kann .

Du tust mir gut

Nun liegt der Hörer neben mir und ist nicht mehr
an meinem Ohr ,
das tolle Gespräch zu Ende , bei dem ich
das Zeitgefühl verlor .
Zwar kennen wir uns beide nicht ,
doch das Gespräch entzündet gleich ein Licht .
Ein Licht das wärmt und ganz froh macht ,
welches stärker ist , als der Frost in dieser Nacht .
Es macht Mut und gibt mir Kraft ,
auch wenn mich mal das Leben schafft .
Und Schuld daran bist ganz allein nur Du ,
sag nicht nein , ich schiebe es Dir in die Schuh .
Du legst Dich wie ein Pflaster auf meine Wunden
und läßt vergessen die unschönen Stunden ,
von denen es mehr gibt als man denkt
und dabei soviel wertvolle Zeit verschenkt .
Ein Gespräch mit Dir ist mir dagegen wichtig
und macht alle unschönen Dinge klein und nichtig .
Was bleibt ist ein warmes Herz und neuer Mut ,
ich danke Dir ,
Du tust mir gut .

Negativer Beigeschmack

Ich hatte Angst davor

glücklich einzuschlafen ,

weil ich aus Erfahrung ahnte ,

daß das Glück

die ersten Sonnenstrahlen

nicht erreicht .

Wunderbarer Morgen

Ich dachte nicht mehr , daß es so etwas noch gibt ,

3 Stunden zu telefonieren und nicht wissen wo die Zeit blieb .

Schöne Stunden vergehen einfach zu schnell

und die Welt dreht sich wie auf einem Karussell .

Ich dacht nicht mal im Traum daran ,

doch durch Dich fängt dieser Tag schon so toll an .

Du weckst Dinge in mir , die ich schon fast vergaß ,

doch gerade dadurch wird das Leben schön

und macht richtig Spaß .

Warum kann es nicht immer so sein ?

Bestimmt kommt sonst wohl bald Alltagstrott rein .

Solche Dinge müssen etwas besonderes bleiben ,

ich glaube , das will uns dieser Morgen zeigen .

Das Leben hält so schöne Dinge für uns bereit ,

man denkt nicht dran , doch dann kommt die Zeit ,

Zeit in der man nachts nicht ruht ,

sondern ungewöhnliche und so schöne Dinge tut .

Ich freue mich , Dich kennengelernt zu haben ,

denn heute ist besonders und nicht wie an anderen Tagen .

Wenn ich heute Nacht noch schlafen kann ,

denk ich bestimmt noch im Traum daran .

Du hast mich geweckt und das ganz lieb ,

es ist so schön , daß es Dich gibt !

Selbstbetrug

Nur dieser eine Satz

aus deinem Brief,

versprach Hoffnung

auf Erwiderung meiner Gefühle.

Von dir zwar als Trost gedacht,

wurde er von mir

zum Hoffnungsschimmer

umgewandelt.

Ich reihte ihn einfach

so oft aneinander,

bis er der Länge

des gesamten Briefes entsprach.

Welch ein Selbstbetrug!

Kennzeichnungspflichtig

Es ist Vorschrift ,

daß große Fahrzeuge

durch Begrenzungsleuchten

kenntlich zu machen sind .

So wird nachts die Gefahr sichtbar ,

welche von ihnen ausgeht .

Leider gibt es keine besondere

Kennzeichnungspflicht

für Menschen .

So manch einer müßte zusätzliche

"Warnlichter"

tragen .

Eiskalt erwischt

Offenherzigen Menschen ergeht es manchmal
wie den Knospen und Blüten ,
die sich nach warmen Tagen im Frühjahr öffnen .
Vom Spätfrost überrascht ,
wird ihre Lebensenergie auf Eis gelegt ,
oder vielleicht
für immer zerstört .

Korrektur

Viele Frauen wissen ,
daß es Männer gibt ,
die Frauen nur benutzen .
Daß es auch Frauen gibt ,
die Männer benutzen ,
wissen wenige !

Selbstjustiz

Warum kritisiere ich Falschheit

an Menschen ,

die ich einseitig liebe ,

obwohl ich schon selbst falsch ,

zu Menschen

die mich liebten

war ?

Hintergrund

Ich wollte immer

für Andere und ihre Probleme da sein .

Vielleicht nur ,

damit jemand da ist ,

wenn ich Probleme habe .

Doch dann war ich meist allein !

Abgestürzt

Nach einem Absturz

tut manchmal sogar

die helfende Hand weh .

Doch dieser Schmerz

ist nicht zu vergleichen ,

mit dem Aufprall ,

der dich ohne Hilfe

erwarten wird .

Habe keine Angst ,

pack zu !

21

Die MC mit Instrumentalmusik

Nun kenne ich dich schon über 15 Jahre .

Du bist mir so vertraut und nie über .

Beim Aufstehen , Lernen , Glücklichsein ,

Lieben , Autofahren , Unterhalten , Einschlafen

und ganz besonders ,

wenn ich traurig bin ,

stellst du einen unverzichtbaren

Background

dar .

Aus dir schöpfe ich die innerliche Ruhe ,

um mit Trauer und Enttäuschung

fertig zu werden .

Spätestens , wenn ich dich 2-3 Stunden ,

das Ohr auf dem Lautsprecher liegend höre ,

um das Für und Wider

der entsprechenden Situation zu durchdenken ,

geht es mir wieder viel besser .

Sei auch für andere

Background

im Leben .

Einsamkeit

Wiedermal schlaf ich jetzt ein
und möcht so gern bei Dir jetzt sein .
Deine Nähe gibt mir Halt ,
ich möcht Dir nah sein und zwar bald .
Allein zu sein bringt mich fast um ,
im Schlaf wälz ich mich dauernd rum ,
doch meine Hand ins Leere fast ,
ob Du genau wie ich jetzt wachst ?
Meine Gedanken sind ganz oft bei Dir ,
ich wünschte , Du wärst jetzt bei mir .
Es ist so schön , wenn Du da bist ,
da man die Sorgen schnell vergißt .
Du bist einmalig auf dieser Welt ,
denn Du hast mein Herz mit Glück bestellt .
Es ist so schön , daß es Dich gibt ,
ich bin ganz doll in Dich verliebt ,
so gern möcht ich für Dich da sein ,
ich denk an Dich und schlafe ein .

Sonntagsfreuden

Ganz unverhofft riefst Du heut an ,
ich dacht nicht mal im Traum daran .
Es grenzt an Wunder , wenn man sieht ,
was gleich mit meinem Herz geschieht .
Du sagst ganz einfach nur "Hallo"
und das macht mich den ganzen Tag gleich froh .
Ein Sonntag der kein Sonnentag ist ,
wohl bald darauf man schnell vergißt ,
doch heute brauchte keine Sonne scheinen ,
denn Dein Anruf brachte mir Sonntagsfreuden .
Man kann so einfach glücklich sein ,
das prägt mir dieser Sonntag ein .
Ein Sonntag der sooo schön anfängt ,
an dem die Sonne am Himmel hängt ,
die so schön lacht , wie jetzt auch ich ,
kann ich bloß danken ,
ich liebe Dich !

Du gibst mir über mich immer neue Rätsel auf,

manchmal einzeln, meist jedoch zu Hauf.

Wie kann es angehen, daß man liebt,

obwohl man sich so lang nicht sieht?

Bei unserem Treffen wurd mir klar,

wahre Liebe überdauert auch zwei Jahr.

Für mich war dies sehr gut zu wissen,

denn ich möchte Dich seitdem nicht mehr missen.

Schön zu wissen, daß es Dich gibt,

denn ich bin immer noch in Dich verliebt.

Man könnte denken, Du bist ein Sonnenstrahl,

ohne Dich sitze ich allein, wie auf einem Pfahl.

Doch mit Dir und das muß ich hier mal sagen,

geht es mir gut, wie an keinen anderen Tagen.

Dein Lachen hat mich fasziniert,

es gibt nichts, was mich an Dir irritiert.

Schade, daß Du im Moment soweit entfernt bist,

ich hätte Dich gerne in die Arme genommen und geküßt.

Doch bis dahin vergeht wohl noch etwas Zeit,

Zeit in der der Traum mir bleibt.

Die Träume sind zwar auch ganz schön,

doch ich möcht Dich gern wiedersehen.

Ganz fest in die Arme nehmen werd ich Dich,

und ganz leis sagen,

ich liebe Dich!

Blinde Passagiere

Um Dich zu vergessen
wollte ich
soweit wie möglich weg .
Es waren dann nur 200 km .
Doch ich vergaß ,
daß Gedanken und Erinnerungen
als Blinde Passagiere
überallhin mitreisen .

Abstand

Zu großen Bildern

und gescheiterten Beziehungen ,

muß man erst

den richtigen Abstand haben ,

um die Gesamtheit

erkennen zu können .

So erweitert man seinen Blickwinkel .

Dicht davor stehend

verschwimmen Konturen ,

wird nur ein kleiner Teil sichtbar .

Schubladen

Mit Beziehungen ist es genauso ,
wie mit großen Schubladen .
Nur wer sie nach Gebrauch aufräumt ,
kann sie schließen .
Bei dem , der es nicht tut ,
schauen zu viele Dinge oben heraus
und man braucht beide Hände
um sie zu schließen
und geschlossen zu halten ,
da zu vieles einklemmt .
Somit ist aber auch keine Hand frei ,
eine neue Schublade zu öffnen
und deren Inhalt
kennen und lieben zu lernen .

Nachtaktiv

In trostlosen Zeiten,
nach Enttäuschung und Trauer,
in denen du dich immer mehr
dem Leben entziehst,
alles außerhalb der eigenen vier Wände
auf das Nötigste einschränkst,
weil du von allem nichts mehr wissen willst,
fordert die Seele trotzdem ihr Recht.
Du fängst an,
nachts im Traum zu leben,
in einer Welt der schönen Erinnerungen
und der Utopie.
So wird keine Unterversorgung zugelassen,
der tägliche Bedarf an Leben gedeckt,
um lebensfähig zu bleiben.
Lebensinhalt bieten diese Träume
in schwarzweiß jedoch nicht.
Um in Farbe zu träumen,
mußt du schon wieder
"Tagaktiv" werden!

Gutmütig oder dumm ?

Es ist schon seltsam ,

was ich aus Gutmütigkeit

anderen Menschen

schon alles an Lasten abgenommen habe ,

damit sie

Durststrecken überstehen .

Verwundert war ich jedoch immer ,

wenn ich sie später

wieder zurückgeben wollte .

Wieso meine Last ,

fragte man mich ,

Du

hast sie doch die ganze Zeit getragen .

Dem Glück auf der Spur

Wer hatte wohl noch nie das Gefühl ,

dem Glück immer hinterher zu laufen .

Gerade eingeholt ,

lief es dir wieder davon .

Habe auch mal Mut ,

geduldig darauf zu warten .

Vielleicht läuft es ja

dir

schon lange hinterher

und konnte

dich

nicht einholen .

Mit Dir

Mit Dir kam die Sonne in mein Leben zurück ,

und ich hoffe so sehr , es überdauert einen Augenblick .

Mit Dir kamen wieder Dinge in mein Leben ,

von denen ich glaubte , es wird sie nicht wieder geben .

Mit Dir kann man so herrlich lachen ,

und ganz bestimmt verrückte Sachen machen .

Mit Dir fängt jeder Tag soo toll an ,

ob ich Dich für mich gewinnen kann ?

Mit Dir , und sei es nur in Gedanken ,

macht leben Spaß und bringt die Welt zum Wanken .

Mit Dir kann ich so gut reden ,

über alle Dinge in diesem Leben .

Mit Dir wird jeder Tag so schön ,

es fällt mir schwer dann wegzugehen .

Mit Dir geh ich gern durch dick und dünn ,

an Deiner Seite wird es bestimmt nicht schlimm .

Mit Dir will ich nie im Streit auseinandergehen ,

denn ich möchte , daß wir uns immer so gut verstehen .

Erkenntnis

Wer mitbekommen hat ,

wie schön die Liebe

das Leben macht ,

findet ein Leben

ohne Liebe

unausstehlich!

Schuldig

Du hast Dich an mir schuldig gemacht,

schuldig, in einer ganz besonders tollen Nacht,

hast mir dabei unwahrscheinlich viel gegeben,

nämlich neue Lust auf dieses Leben.

Der Morgen danach ganz anders aussieht,

da ein Glücksgefühl den Körper durchzieht.

So schuldig wäre ich auch gern bei Dir,

denn dadurch öffnet man eine Tür,

durch die man jetzt ins Freie geht,

zum Umkehren ist es nun zu spät.

Ein tolles Gefühl holt mich dann ein,

es bestimmt ein ganz besonderes Sein.

Ein Strafmaß festlegen kann ich nun nicht mehr,

dazu mag ich dieses Gefühl viel zu sehr.

Als Täter bist Du jedoch erkannt,

darfst nicht verlassen dieses Land,

das Land aus dem die Träume sind,

in dem man sich bewegt, wie ein sorgloses Kind.

Hier halt ich es aus, zusammen mit Dir,

laß uns gemeinsam öffnen diese Tür.

Sehnsucht

Hier sitze ich , bin ganz allein

und möcht so gern bei Dir jetzt sein .

Die Sehnsucht die mich traurig macht ,

umhüllt mich am Tag und in der Nacht .

Ich möcht so gern in Deine Arme fliehen

und zusammen mit Dir über Wolkenfelder ziehen .

In Deinen Armen find ich Ruh

und mach geborgen meine Augen zu .

Auch mit geschlossenen Augen kann ich sehen ,

wie wir gemeinsam durch unser Leben gehen .

Wird für einen einmal die Lebenslast zu schwer ,

hat niemand Angst , denn es läuft ja jemand nebenher .

Dieses Gefühl ,

gemeinsam mit Dir durch`s Leben zu gehen ,

macht unsere Liebe erst richtig schön .

So schön , daß es , allein wenn man an Dich denkt ,

alle Traurigkeit aus dem Herzen verdrängt .

Du bist zwar im Moment nicht hier ,

doch ich weiß es jetzt ganz genau ,

Ich gehöre zu Dir

Umsonst verliebt ?!

Diesmal hatte ich wieder Angst ,

daß auch Du zu Deinem Ex-Freund zurück gehst .

So war es mir schon mehrere Male ergangen .

Umsonst verliebt ?!

Doch Du bist die Erste die blieb .

Gut , daß mir

soviel Mut

geblieben war .

Du kommst

Heute ist es nun endlich so weit,
das Warten zu Ende in der Zwischenzeit.
In knapp 3 Stunden bist Du da
und Dein erster Besuch wird endlich wahr.
Ob Du Dich genauso freust wie ich?
Ich freue mich ganz fürchterlich auf Dich.
Hoffentlich schmeckt Dir was Du ißt,
damit Du den Tag nicht so schnell vergißt.
Schöne Erlebnisse verschönern den Augenblick
und Du denkst später gern daran zurück.
Sicher wird die Zeit nachher schnell schwinden,
doch wenn es Dir gefallen hat,
wirst Du den Weg zu mir wieder finden.
Wenn ich dann weiß, Du kommst wieder her,
fällt mir der Abschied auch nicht so schwer.
Danach beginnt das Warten auf's neu,
das Warten auf ein Wiedersehen,
auf das ich mich freu.

Warten

Wie eine Schnecke schleicht die Zeit ,

und ich mir wieder sage , bald ist es soweit .

Ich muß andauernd an Dich denken ,

denn ich möchte Dir ganz viel Zeit

von meiner schenken .

Für Dich dasein und zwar immer ,

Raum zu haben , in meines Herzen Zimmer ,

Dir ein guter Freund und Partner sein ,

diese Gedanken fallen mir vor Deinem Kommen ein .

Das Warten man als gut und schlecht empfindet ,

weil man ganz viel damit verbindet .

Die Vorfreude gilt als gut dabei ,

drum laß ich die Schmetterlinge im Bauch nicht frei .

Schlecht , weil die Zeit fast eingeschlafen scheint

und es heute gar nicht gut mit mir meint .

So lang sind diese endlosen Stunden ,

wer hat bloß die Zeit erfunden ?

Alles anders

Wenn Du da bist,

laufen die Uhren

schneller als sonst,

rast der Puls in mir

ganz laut,

kommt die Sonne

aus ihrem Versteck,

fällt die Last des Wartens

von mir ab,

wird aus finsterer Nacht

heller Tag,

fühle ich mich endlich

wieder wohl !

Du

Was hast Du mit mir gemacht ?

Ich kann nicht richtig schlafen in der Nacht !

Müde bin ich jedoch nicht ,

denn der Tag erwacht in einem ganz besonderen Licht .

Dieses Licht tut gut und erwärmt mein Herz ,

es läßt vergessen allen vergangenen Schmerz ,

denn Du hast mein Herz beschwingt

und manchmal hört man wie es leise singt .

Der Morgen heute ganz toll anfing ,

weil glutrot die Sonne am Himmel hing ,

gedacht hab ich dabei an Dich ,

denn Du bist wie Sonnenlicht für mich .

Was so anfängt muß weiter gehen ,

ich freue mich auf unser Wiedersehen

Kurz danach

Nachdem Du mich zum Abschied sanft geküßt ,
und wieder von mir gegangen bist ,
fang ich an , Dich wieder zu vermissen ,
habe große Sehnsucht nach Deinen Küssen .
Es ist so schön , ich kann es kaum glauben ,
durch Dich sehe ich die Welt mit anderen Augen .
Deine Liebe hat mich aufgebaut ,
so daß mich nichts so leicht vom Sockel haut .
Dir verdanke ich , was ich heut bin ,
drum zieht es mich so zu Dir hin .
Ich laß Dich bestimmt nicht wieder los ,
unsere Liebe ist so wunderbar und ganz groß .

Verlierer oder Gewinner ?

Das Leben geht seltsame Wege !
Manchmal muß man erst sehr viel verlieren ,
um wahres Glück zu finden .
Erkennbar wird es aber erst
im Nachhinein .

Wenn Träume wahr werden

Sehnsuchtsvoll schaue ich wieder auf die Uhr ,

obwohl es heute sind 2 Stunden nur ,

in denen ich noch warten muß ,

auf Dich und einen ganz dicken Begrüßungskuß .

Du schleichst Dich immer wieder in meine Träume ,

doch diesmal sind es nicht nur Schäume .

Durch Dich wurde mein Traum wahr ,

der Traum den ich hatte so viele Jahr .

Die Realität noch schöner ist als ich gedacht ,

wenn Du bei mir bist am Tag und in der Nacht .

Dich zu spüren , Dir einfach nah zu sein ,

für mich das Größte unterm Sonnenschein .

Abschied

Nun bist Du gegangen und nicht mehr hier,
trotzdem blieb ganz viel von Dir,
denn Du hast in mir ein Licht entfacht,
das mir leuchten wird in dieser Nacht.
In Deinen Armen finde ich Kraft für alle Zeit,
sie führen mich durch jede Dunkelheit.
Abschied zu nehmen fällt mir dann schwer,
doch ich hoffe, Du kommst bald wieder her.
In Deiner Nähe geht es mir so gut,
sie stillt die Sehnsucht und macht mir Mut,
die Zeit ohne Dich zu durchstehen,
bis zu unserem nächsten Wiedersehen.
Ich vermisse Dich jetzt schon so sehr,
komm bitte ganz schnell wieder her!

Frisch verliebt

Wenn der Wecker um 6 Uhr klingelt,

Montag und nicht Sonntag ist,

die Nacht nur 2 Stunden Schlaf hergab,

jemand trotzdem fröhlich ist

und leise lacht,

auch

wenn nicht so toll

die Sonne scheinen würde,

kann es sich nur

um einen frisch Verliebten handeln!

Das Liebste

Auch wenn ich jetzt gerade alleine bin ,

hat mein Leben durch Dich wieder einen Sinn .

Ich wartete lange , doch dies tat ich sehr gern ,

nun bist Du an meinem Himmel der hellste Stern .

Er leuchtet für mich am Tag und in der Nacht ,

sein warmes Licht hat mir Glück gebracht .

Mein Leben ist wie auf den Kopf gestellt ,

Du bist mir das Liebste auf dieser Welt !

An eine Ex - Freundin

Meine jetzige Liebe fragte mich ,

warum ich Dir Jahre hinterher getrauert habe .

Heute weiß ich erst warum .

In unseren gemeinsamen 2 Monaten und 3 Tagen

war einfach noch kein Platz für

Streit , Alltag und Mißverständnisse .

Somit also auch nur schöne Gedanken an diese Zeit ,

von denen ich nach großer Traurigkeit ,

wegen Deines Verlustes ,

über Jahre zehren konnte .

Eingetauscht

Aus Einsamkeit wurde Zweisamkeit ,

aus sinnlos wurde Sinn ,

aus Leere wurde Fülle ,

aus Stille wurde wieder Leben ,

aus Traurigkeit wurde Freude ,

aus Gleichgültigkeit wurde Verantwortung ,

aus Kälte wurde Wärme ,

aus Lieblosigkeit wurde Liebe ,

und dies alles nur durch

Dich

Vorrat

Mit einem liebenden Herz ist es

wie mit einem Vorratsschrank .

Bei täglichem Verzehr

kommt keiner drum herum loszugehen ,

um ihn neu aufzufüllen .

Auch mein Herz ist nicht unausschöpflich

und muß manchmal neu gefüllt werden .

Es kann aber nie schaden ,

immer einen Vorrat

an Gefühl

im Haus zu haben .

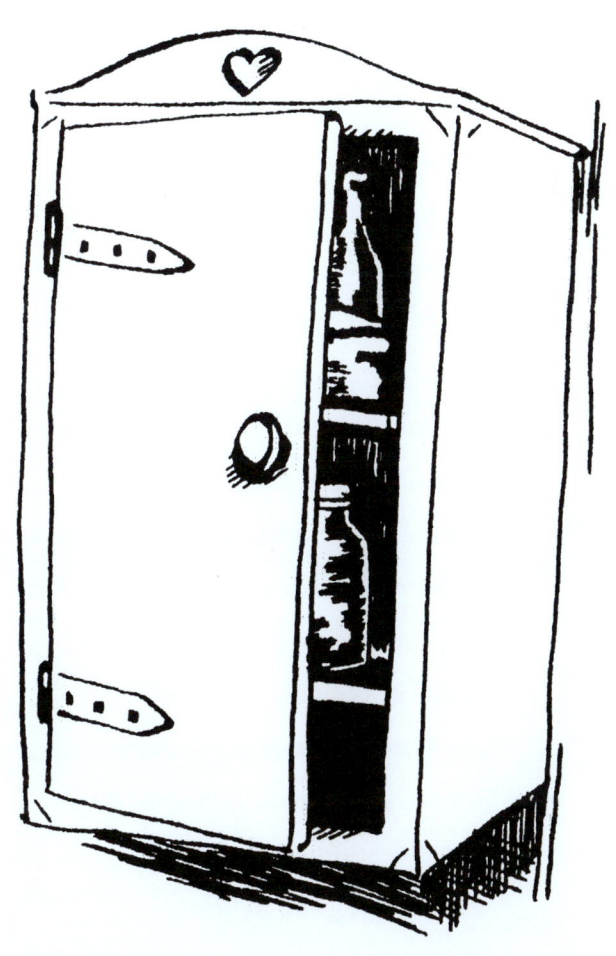

Seitdem

Seitdem ich Dich kenne,

fängt jeder Tag ganz toll an ,

komme ich besser aus dem Bett ,

denke am Tag nicht nur an die Arbeit ,

beeile mich nach Hause zu kommen ,

bin dann aufgekratzt und nicht müde ,

nehme das Telefon mit ins Bad ,

rasiere mich nicht nur einmal die Woche ,

höre wieder ganz viel Musik ,

weiß wieder wie Küsse schmecken ,

kenne das Gefühl

der Sehnsucht und der Geborgenheit ,

schwirren tausende Schmetterlinge

in meinem Bauch umher

und schlafe ganz süß ein .

Was habe ich vorher

nur ohne Dich gemacht ?

Puzzel

Jeder Mensch ist wie ein Teil

aus dem großen Puzzelspiel "Leben".

Um es mit anderen zusammen zu setzen,

muß man erst

um die eigenen Umrisse, Zacken

und Einkerbungen wissen.

Nur dann kann jeder

nach dem entsprechenden

Gegenstück suchen.

Kleiner Tip:

Schneidet nicht ab,

klebt nicht an,

weder bei euch selbst,

noch bei anderen,

um etwas zusammen zu setzen.

Letztendlich würde so niemand

das gesamte Bild

erkennen können.

Gefesselt

Es ist dieser Strick ,

geknüpft aus Deiner Angst mich zu verlieren ,

der mich fesselt und daran hindert ,

manchmal zu Dir zu gelangen .

Du kannst die Fesseln enger ziehen ,

mir den Leib abschnüren ,

ja sogar töten ,

doch halten kannst Du mich

mit diesem Strick nicht .

Nur Vertauen ,

zu Dir selbst und zu mir ,

knüpft ein Band ,

welches uns immer verbunden sein läßt .

Streit

Manchmal kommt es mir vor ,

daß man erst

alle Kugeln der Anschuldigung verschossen ,

abgekämpft und hilflos sein muß ,

um erschöpft nach diesem Kampf ,

einander in die Arme zu fallen ,

miteinander zu reden ,

zu verzeihen .

Warum schafft man dies nicht schon ,

während das

„Streitgewehr „

geladen wird ?

In einem Raum

Enttäuschung und Hoffnung,

Traurigkeit und Freude,

Tränen und Lachen,

leben zusammen

in einem Raum Deines Herzens.

Sicher nicht schlecht,

diesen Raum einfach abzuschließen,

um sich vor

neuer Traurigkeit

Enttäuschung und Tränen

zu schützen.

Vergiß dabei aber bitte nicht,

daß auch die schönen Dinge des Lebens

draußen bleiben.

Habe Mut,

schließ wieder auf,

denn nur so können auch wieder

neue Hoffnung,

Freude und Lachen

zu Dir gelangen.

Aufmerksam

Schön diese Aufmerksamkeit ,

nicht nur für Dich ,

sondern auch für mich zu denken .

Sie tut gut !

Schlecht wäre aber ,

alle Gelegenheiten zu nutzen ,

da keine verbleibt ,

Dir gegenüber aufmerksam zu sein .

Leicht besteht die Gefahr ,

daß diese Fähigkeit bei mir ,

durch "Nicht-Zum-Einsatz-Kommen",

langsam verödet .

Laß etwas liegen !

Fordere auch mal mich !

Gedanken

Der Tag erwacht , jedoch nicht ohne Dich ,
ich werde wach und denk an Dich .
Egal was draußen für ein Wetter ist ,
denn dadurch nicht die Freude erlischt .
Die Freude im Herzen hängt nicht vom Wetter ab ,
für mich ist es wichtig , daß ich Dich getroffen hab .
Mein Leben schlief schon langsam ein
und ich dachte nur , das kann nicht alles sein .
Es gibt so viele Dinge , die man vergißt ,
wenn man wie ich zu lang alleine ist .
Durch Dich wird jeder Tag ganz schön ,
drum freu ich mich auf's Wiedersehen .
Bis dahin trösten die Gedanken mich ,
ich schlaf jetzt ein und denk an Dich .

Keine Lust

Keine Lust
morgens alleine aufzustehen ,
nach einer traumhaften Nacht von Dir zu gehen ,
so lange ohne Dich zu sein ,
lieber kuschel ich mich bei Dir ein .

Keine Lust
Dich je zu verlieren ,
mich nicht täglich neu in Dich zu verlieben ,
schöne Dinge allein zu erleben ,
Dir nicht meine ganze Liebe zu geben .

Loslassen können

Du möchtest,

daß ich Sehnsucht nach Dir habe,

mich auf ein Wiedersehen mit Dir freue.

Doch dazu mußt Du mich

zuerst einmal

gehen lassen.

Gefühl des Augenblick`s

Von Deinen Lippen sanft geweckt ,

weiß man morgens gleich wie Liebe schmeckt .

So erwacht , aus einem tollen Traum ,

von Dir umschlungen , wie der Stoff vom Saum ,

und dann auch noch zu wissen ,

daß Sonntag ist und wir nicht aufstehen müssen .

Ich kuschel gerne noch mit Dir im warmen Kissen

und möchte dieses Gefühl nicht mehr missen .

Das Gefühl bevorraten , denkt man in diesem Moment ,

doch so etwas wird nicht irgendwoher verschenkt .

Keiner kann sich dabei auf Lorbeeren ausruhen ,

muß Tag für Tag das Seine dazu tun .

Nur dann bleibt dieses Gefühl keine Seltenheit ,

umhüllt Dich immer neu mit viel Geborgenheit .

Bestandsaufnahme

Es tut gut ,

auch einmal ohne Dich zu sein .

Nicht weil ich Dich über habe .

Aber wann bitte schön ,

soll ich sonst merken ,

wieviel Du mir bedeutest

und was ich

in Deiner Abwesenheit

empfinde ?

Ungerecht oder doch nicht ?

Du ärgerst dich !

Dein Urlaub ist schon vorbei

und ich

kann noch 3 Tage faulenzen .

Doch Du brauchst dich nicht zu ärgern .

Die Früchte ,

die in den 3 Tagen in mir wachsen ,

sind für uns beide

und ich weiß ,

daß sie Dir

besonders gut schmecken .

Überall nur Du

Du bist in Allem , was mich umgibt ,
sehen kann das aber nur ein Herz , das liebt .
Der Wind streichelt sanft meine Haut , genau wie Du ,
dann träum ich von Dir und mach die Augen zu ,
um in Gedanken Deine Hände zu spüren ,
denn sie können so wunderbar verführen .
Trifft mich der Sonne heller Schein ,
fällt mir sofort Dein tolles Lachen ein .
Alle schönen Düfte verbinde ich mit Dir
und mit den schönen Stunden in denen Du warst bei mir .
Schön finde ich nun auch wieder den Regen ,
denn seitdem gibt es wieder Liebe in meinem Leben .
Das Funkeln Deiner Augen find ich in den Sternen der Nacht ,
sie haben mich völlig um den Verstand gebracht .
Deine Romantik zeigt mir der Mond ,
von der ganz viel Dir inne wohnt .
Deine Schönheit sehe ich in den Blumen wieder ,
ich denk an Dich und schließ die Lider .

Heiratsmarkt

Heiratsmarkt ist kein normaler Markt !
Man bekommt weder
Kaufvertrag ,
noch Bedienungsanleitung
und erst recht keine Garantie !

nice weekend

Ich beginne schon am Montag ,

vielen Menschen

ein schönes Wochenende zu wünschen .

Warum ?

Um darauf hinzuweisen ,

daß auch nach einer trostlosen Arbeitswoche ,

wieder ein Wochenende kommt .

Die Vorfreude darauf

verschönt ihnen dann gleich

die ganzen trostlos erscheinenden

Arbeitstage .

Karsten Vick

Geboren im Jahr 1967 , lebt in Lalendorf bei Güstrow . Man könnte sagen , er hat das Zeichnen einfach mit in die Wiege gelegt bekommen . Bis heute ist es eher ein Hobby und war oft Zeitvertreib in langweiligen Schulstunden .
Erfreut wäre er über Resonanz seiner Illustrationen , die dazu führen könnte , weitere Bücher zu illustrieren . Seine Adresse kann beim Verlag erfragt werden .

Jörg Engel

Geboren 1967 in Schwaan bei Rostock , siedelte ich 1990 nach Schleswig-Holstein über und lebe heute in Hemdingen bei Quickborn. Beim Studium 1988 begann die Liebe zur neuen Ausdrucksweise mit Hilfe von Lyrik . Danach wurde dieses Werk über 6 Jahre erweitert und lag nun 5 Jahre regelrecht in der Schublade und war nur Freunden , Bekannten und Verwandten zugängig .
Dies soll sich nun durch die Veröffentlichung dieses Buch noch vor 2000 ändern . Da ich tiefgreifende Gespräche und Gedanken liebe , würde ich mich über Anfragen und Kritiken sehr freuen . (Bitte an die Verlagsadresse mit Rückporto richten !)

Danksagung

Danken möchte ich auf diesem Wege allen , die mir geholfen haben dieses Buch zu veröffentlichen , besonders Corinna Holzheimer , die schon vorab in ihrem Buch

" Lust auf Gefühl "

ein paar Kostproben meiner Gedichte veröffentlichte .

Dank auch an die vielen Menschen aus meinem Leben , die unbewußt Schuld daran sind , daß ich zu diesen Zeilen überhaupt fähig war .

Na, Lust bekommen auf mehr?
Dann lesen Sie auch den Gedichtband von Corinna Holzheimer
„Lust auf Gefühl"

192 Seiten
ISBN-3-00-003967-8
Preis DM 29,80